문학과지성 시인선 537

버스에 아는 사람이 탄 것 같다

최정진 시집

문학과지성사

문학과지성 시인선 537

버스에 아는 사람이 탄 것 같다

초판 1쇄 발행 2020년 2월 17일
초판 3쇄 발행 2022년 9월 29일

지 은 이 최정진
펴 낸 이 이광호
주   간 이근혜
편   집 조은혜 최지인 이민희 박선우
펴 낸 곳 ㈜문학과지성사
등록번호 제1993-000098호
주   소 04034 서울 마포구 잔다리로7길 18(서교동 377-20)
전   화 02)338-7224
팩   스 02)323-4180(편집) 02)338-7221(영업)
전자우편 moonji@moonji.com
홈페이지 www.moonji.com

ⓒ 최정진, 2020. Printed in Seoul, Korea

ISBN 978-89-320-3609-0 03810

이 도서의 국립중앙도서관 출판예정도서목록(CIP)은 서지정보유통지원시스템 홈페이지
(http://seoji.nl.go.kr)와 국가자료공동목록시스템(http://www.nl.go.kr/kolisnet)에서
이용하실 수 있습니다. (CIP제어번호: CIP2020005366)

문학과지성 시인선 537

버스에 아는 사람이 탄 것 같다

최정진

시인의 말

빛이 사각의 격자처럼 쏟아진다
그리고 정은에게

2020년 2월
최정진

버스에 아는 사람이 탄 것 같다

차례

시인의 말

1부

2부

1부

부른 사람을 찾는 얼굴

버스에 아는 사람이 탄 것 같다

마주친 사람도 있는데 마주치지 않은 사람들로 생각
이 가득하다

그를 보는 것이 긍정도 부정도 아니고 외면하는 것이
선행도 악행도 아니다

환멸은 차갑고 냉소가 따뜻해서도 아닌데

모르는 사람들과 내렸다 돌아보면 버스에 아는 사람
이 타는 것 같다

인간의 교실

시계가 떨어진 것은 아니다
액자를 걸고 있었다

우리는 아무도 태우지 않고
문이 닫히는
엘리베이터처럼
이미 이곳에 들어와 있다

모두의 이름을 부르면서
누구의 이름도 부르지 않는다

이곳은 고통의 원인을 네게서 찾지 않는 세계다

기시감이라는 설명서

자동차의 설명서를 읽는다 설명서에는 이것이 우리의
생존에 필요하다고 적혀 있다

한가운데 제품의 그림이 그려져 있다 언어가 그림의
명칭과 목적을 돋보이게 하고 있었다

물에 잠기면 수명이 짧아진다고 적혀 있다

상상해본 작동법이 모두 설명서에 적혀 있었다 숲은
멀리 떨어져 있어 보인다

처음 가본 곳이었다 되돌아올 때 더 오래 걸리는 시간
이 있었다

축제의 인상

사진기의 셔터를 누르는 사이에
일어나도 될까요

살아 있는 영혼 같은
눈과 손이 걷혀도
살아 있는 영혼 같은 눈과 손이 자란다

장미를 누군가에게 건넨 적도 없이
고양이를 기른다

옆집 옥상에서 사람이
골목 밖으로 뛰어가는 사람의 발과 지표면 사이를 본다

허브를 놀이하듯이 기르면서
개를 몰아세운다

건너편 옥상에 사람이 보인다
그의 얼굴이 자신의 손과 지표면 사이를 향한다

신이 내 눈에서 빛을 꺼내 간다

나는 셔터를 누르는 방향으로 기울어져 있다

셔터를 누르는 사이에 옥상에서 내려가도 될까요

인공과 호흡

나는 살아 있는데 살아나는 것 같다

이 차체는 무엇으로 만들어져 있길래 굉음을 우리로 바꾸는 것일까 이런 이상한 의문처럼 너는 왜 노래가 끝나는 부분의 가사를 좋아하는 것일까

나는 죽어서도 살아나는 것 같다

어두운 표정이 죽음을 드러내고 지나간다 목소리에서 언젠가 파헤쳐졌던 죽음이 쏟아진다

누가 좋아하는 노래인지를 우선 기억하고
그 노래의 제목을 생각해내는 나무

내가 살아나는 기분은 밤과 이어져 있다

어디론가 가자고 묻지 않고 어디로 가는 중이라고 답하고 있는 그런 밤과 말이다

너는 속삭인다

어항이 반사하는 빛깔들에 방의 어두움처럼 혼자 드
러나서

외출
—우회右回

그에게 무거운 사람은 유독가스보다 무서운 것이었다
그는 불을 꺼뜨린다

그는 걸음 속에서 흔들리는 동작을 느낀다 나는 편한
옷을 불길하게 늘려본다
하지만 이곳에서 아무도 최면에 걸리진 않는다

그는 불을 끄고 불을 꺼뜨리기 시작한다 뜨기 싫은 눈
이 감은 눈을 뜬다

비가 오다 그친 것은 아니었다 나는 백열등을 껐다 켜
본다

나는 태우지 않고 피우는 불을 밝히지 않고 빛나는 불
을 생각한다
하지만 나는 거대한 기계 앞에 멈춰 서서 타지 않는 잔
해를 남기는 것처럼

매번 이전과 다른 곳에 오는 것처럼

외출
—우회右回

여기까지 무력하고 싶다

혼자 있는 표정처럼

고가도로 밑에서 돌 안의 기분을 올려다본 기분
빛을 향해 웃는다

빛이 암막 커튼을 드러낸다

시간이 계절처럼 다채롭게 순환하는
빈 액자가 걸린 여름

빛이 사각의 격자처럼 쏟아진다

너는 이곳에 몇 시에 도착하는 것일까

나는 자격 없는 얼굴로
조금 전까지 근사한 사람을 보고 서 있었다

모든 것의 근처

들판의 나무는 움직이려 한다

네가 사라지기 전에도
너는 없었다고 말하려다가 말았다

또 다른 나무가 생기려 한다

네가 들판의 한가운데로 향하는 동안
한가운데로 향하는 누군가를 보게 된다

나무가 자란 적은 없으려 한다

아무도 너를 부르지 않았다는 말이
마치 그것이 내가 하려던 말인 것처럼

들판의 한가운데를 향한, 질문은 기도를 하고 있다

부른 사람을 찾는 얼굴

우리는 빵 한 개를 줘도 다 가져가지 못한다

칼끝이 칼끝인 줄 알고 만지던 여름이 지나간다

우리 앞에 접시가 놓여 있다
냄새를 맡지 말라는 말이 먹지 말라는 말이 들린다

무엇도 먹지 말라는 말이 살갗을 스친다
칼끝이 칼끝인 줄 알고 만진다
칼끝을 만지는 또 다른 여름이 온다

우리 앞에 빵과 칼과 접시가 놓여 있다
우린 빵 한 개를 줘도 다 가져가지 못한다

테이블과 바닥과 벽과 지붕이 사라진다

우리는 숨을 참고 폐가를 들여다보고 있었다

밸브

벽돌을 쌓으면
벽이 무너지기 시작하는 집

생기를 채운 갈증이
갈증을 서러워하는 이야기의 집

담장을 희게 칠하고 있다 원하는 물을 받을 손으로

누구든 배회할 수 있다면
목적이 따뜻하겠지

꽃을 끊은 사람은
향기를 맡지 못하는 집
꽃이 살아 있었다는 것처럼 대신

마당의 흰 돌을 밝게 비추는
희게 칠해진 담장이기를
그치지 않는 것이 어떻게 법이 될 수 있지

풀을 베면 드리워진 정원의 나무 그늘

소망을 가지라는 말 뒤로 서늘하게 나부끼는 고요

인공과 호수

우리는 누르는 것이다

둘레에서 둘레로
우리는 서로에게서 생것을 맛본다

풀밭에서 계단으로
계단에서 풀밭으로
우리는 누르지 않아도 넘치지 않는다

맑은 날에 걸은 기억이 사라진다

둘레에 한가운데가 많아진다

우리는 눌러도 넘치지 않고 생것이 넘친다

인과

누군가 익은 열매를 손에 쥔다 나와 내 마음이 떨어진 것같이 뛴다 여기서 사랑이 시작된다면

계속 떨어지고 있는 것으로부터, 이미 떨어진 것으로부터,
떨어진 것 같은 순간은 무엇인가

누군가 익은 열매를 손에 쥔다 그것을 나뭇가지에서 떨어진 새라고 믿기 위해 안간힘을 다한다 그런데 나와 내 마음도 이전엔 붙어 있었다는 듯이 뛴다

여기서 사랑이 시작된다면 누군가 돌아왔냐고 묻는다

길게 자란 나뭇가지들이 이마에 스치는 것처럼

많은 믿음

지나는 사람의 걸음 속에서
믿음이 보인다고
너는 그렇게 말한다

*

너는 믿음 같은 것이 보인다

*

눈이 쌓이는 소리가 들리면 들리는 것일까

*

네가 사라지려 해도
네가 사라지지 않으려 해도

방의 전등이 창밖을 밝히고 있다

가구는 배치를 배치하고 있다

비는 건물을 밝히고 있다

*

손이 두 개라는 것을 밝히고 있다

*

회의 중에 베란다 화분의 물이 넘치는 것을 본다

잎맥까지 바람이 닿는다

실내를 옆문에 빗대어 두드린다

아무것도 묶여 있지 않는 줄이 한 번 더 풀어진다

*

조명을 끄면 모든 것이 꺼져 있다
네 공간이 꺼지고 있다

다정하게 말을 걸어오는 창이 보인다

너는 껐던 조명을 끈다
조명이 꺼지지 않고도 켜진다

말을 걸어오지만 말을 하지 않는 창으로

*

그것은 빛과 볕을 혼동하는 것

*

계단뿐인 텅 빈 실내가 두렵다

내가 문을 여는 데 쓰는 열쇠로 누군가 문을 닫는다

누군가 문이 벽이 되지 않는다고 울고 있다면

조경사

차의 유리에는 과육이 뭉개져 있다 과육을 닦아도 차
는 사라지지 않는다

유리를 내려도 차는 사라지지 않는다

과육은 뭉개져 있는데 흐르지 않는 것을 낙담하고 있다

손으로 가지를 끊어도 가위를 쓸 손은 사라지지 않고
있다

누군가 실내에서 문을 두드리고 있다

햇볕에 비춰진 먼지가 빛나고 있었다

정교하게 조정돼 있으니 손대지 마세요 수도관에 안
내문이 붙어 있었다 안내문이 물에 젖어 읽을 수 없었는
데 한참을 쳐다보았다

다음 계절에 작은 화분들을 정돈하다가 수도관에 새롭
게 붙은 안내문을 보았다 같은 말이 다르게 적혀 있었다
안내문에 물이 번져 글자를 알아볼 수 없는데 나는 읽
고 있게 된다

정교하게 조정돼 있으니 손대지 마세요

계단과 창문 사이
햇볕에 비춰진 먼지가 빛나고 있었다

2부

풍경의 표현

그의 방에서는 풍경이 보인다 그것은 두껍다 언제나
놓인 채로 펼쳐져 있다 펼쳐져 있는 것이 펼쳐진다는 것
은 무슨 뜻일까 그의 방엔 음식이 넘치고 옷이 넘치고 그
것들은 상하지 않는다 그는 시간과 같은 장소에 있을 수
없었다

부른 사람을 찾는 얼굴

너는 방에서 나오며 옷을 입는다

걸음 속에서
위로 향하는, 아래로 늘어뜨린 손의 형상이
믿어지지 않을 만큼 좋다면

복도가 흔들렸다고 말하고 싶을 것이다

먼지와 가루가 뒤섞여 펄럭여 보였을 것이다
너는 복도를 걷는다

옷에 닿지 않게 잡았던 손이 사라지는 것처럼
옷이 닿으면 놓았던 손에 감싸인 것처럼

잡은 손을 잡고
놓은 손을 놓는 것처럼

복도가 흔들렸다고 말하고 싶을 것이다

너는 방에서 나오며 옷을 입는다
옷을 입고 건물에서 나오는

너는 지어지지 않는 복도를 걷는다

가상의 침묵

너는 돌고 있는 것이다

어둡게 만들어진 아쿠아리움에서
입구의 햇살을 밝게 상상하면서

통로에 대한 노래를 그쳐도
네가 아닌 것을 부를 순 없는 것처럼

뛰지 않는 사람에게 멈추면
어떻겠냐고 물을 것이다
네가 원하는 방향을 보여줄 것이다

수압이 휘어지고 있다

통로에 대한 노래를 그쳐도
네가 아닌 것을 부를 순 없는 것처럼

물속의 공기가 다양한 수종의 물고기처럼 움직이고

너는 유리를 향해 손을 뻗는 것이다

물은 이어져 있지 않다는 희열 속에서

필체의 뇌

필체에서 부엉이가 풀려나온다 그의 옆에 서자 행동이 드나들지 않는다

우리는 무엇이든 처음 본 표정을 짓고 있어
그는 부엉이를 볼 수도 없으며

필체를 적다가 멈춘 펜의 끝에서 잉크가 번진다 나는 아픈가 나는 따뜻한가 무덤이 없다고는 상상할 수 없는

숲, 이루어질까 봐 두려운

호수의 공원

너는 사람이 없어도 그것이 켜져 있다는 생각이 들면 억울해한다 벤치들이 간격을 유지한 채로 배치되고 있었다 공원은 사람들로 붐비려 한다 그것은 왜 사람이 없어도 켜져 있나요 묻고 나면 네가 너를 더 알게 되는 것 같았다 너는 이 공원이 좋다고 한다 공원에 들어가면 마음에 드는 전경을 볼 수 없다고 한다 너는 공원을 아는 것 같이 돌아간다

눈사람이 어는 동안

당신은 무엇에 눈을 뭉쳐둔 것일까

당신은 편의점을 향해 걷고 있다 편의점 너머로 주택
가가 어둡다 방이 우는 것 같다고 당신은 중얼거린다 사
람들이 돌아오고 있다

오후는 의심으로 가득하다

누가 빛을 망가뜨렸는지……

병원 로비의 기계에서 대기표가 나오고 있다 사람들
이 줄어들고 있다 이제 시작이면서

당신은 거리가 어딘가 뒤처져 있다고 중얼거린다 주
차장은 비어 있다

가까운 곳보다 먼 곳이 실감나는 이상한 밤

당신은 물 밖에서 살아가는 감각은 어떤 빛깔인지 묻

는다

　휘어진 길의 휘어지지 않은 부분을 생각한다

　눈사람의 표정과 단추와 두 팔의 재료를 떠올린다 이
미 눈덩이에는 그것들이 가득하다 웃음과 돌멩이와 나무
의 파편이 눈덩이를 굴린다

　들어와 있는데
　들어오는 사람과 돌아오는 사람이 넘치고 있다

　무언가를 잃고 있다면
　잃은 그것이 내가 아니라는 사실을 알려준다

　　　　　　　피둥

　　　피둥

문구文具

아버지는 집의 구조를 바꾸려 한다
아버지는 비켜서게 된다고

그가 일어선다
우리도 일어선다

이 집 모든 것의 배경으로 서 있는
대로변 빌딩과 무관하게

담장 위로 차갑고 뜨거우면서 딱딱하고 물컹대는 구
멍이 흐르고 있다
담장을 없애면 더러움이 안 보인다
화단의 꽃이 반영한
죽음을 배경으로 서 있는

정면은

모르는 골목 앞에 멈춰 서 있다
아버지의 어깨를 당기던 손이 보이지 않는다

어떠한 것이 생각이냐는 물음에 무너지면서 생각이 시
작되었다

인간의 가벽

너는 누군가 쿠키를 구워 선물한다면 거절하겠다고
한다
저녁이었다
너는 네가 구운 쿠키를 선물하지 않을 것이라고 한다
저녁이었다
쿠키 타는 냄새가 공원으로 퍼져나간다
공원을 걷는 사람들이 얼굴을 치켜든다
공원 주변 아파트 창문에 불이 켜지고 사람의 그림자
가 비치고 있었다
저녁이었다
공원이 쿠키 타는 냄새로 가득하다

쿠키는 구워지지 않는데
쿠키 타는 냄새가 공원을 맴돌고 있고
너는 쿠키를 구울 반죽을 해야 한다고 중얼거린다

부른 사람을 찾는 얼굴

그는 해변을 걸으며 쓰러진 나무를 본다 나무가 계속 쓰러져 있는데 이어져 있지 않다는 것을 쓰러진 나무를 보는 데서 그치지 않고 나무를 보는 것을 그친다 쓰러진 나무들 사이를 이야기로 채운다 손이 닿을 정도의 거리에 있는 이야기로 부러지는 가지를 분지른다 그리고 쓰러진 나무를 보는 것을 그쳤다는 것을 알고 그는 본다 섬세한 것을 보지 않고 섬세하지 않은 것을 본다 나무의 무게를 통과하지 못하는 연기의 이야기를 본다 그의 손에 폭죽같이 밝은 냄소가 남아 있었다 그는 끝나지 않는 해변을 걷는다

부른 사람을 찾는 얼굴

그 사과는 떨어지려 한다

너는 나무를 그릴 수 없다고 한다
나뭇가지를 뻗는 방법이 그렇게 길게 설명될 때

그 나무는 거기 있다

너는 나무를 그릴 수 없다고 말하려 할 때
나뭇가지가 그려지는 방법을 그렇게도 길게 설명하게
된다

시라는 것이 소설이라는 것이 어두운 내용밖에 없어요
조금도 행복해 보이지 않아요

그것이 너의 생각이라고 말하려 할 때
너는 나무의 초록까지 그릴 수 없다고 입을 뗄 것 같다

물을 보면 물을 버릴 것 같다
그 나무가 거기 있다는 것을 너는 알 것이다

너는 사과가 어디로도 떨어져서는 안 된다고 믿는 것
같다

사과가 떨어지지 않는 장소를 찾는 것일까 천사의 가
면을 쓴 천사처럼

부른 사람을 찾는 얼굴

너는 무언가 질문할 것이 있다고 했다 너는 지나가는 사람이 베어 문 과실의 즙이 흐르는 것을 본다 너는 무엇을 질문하려 했는지 잊어버린 것 같다 누구도 지나가지 않나 보다 등 뒤에서 사람들의 웅성임이 들려오지 너는 잊은 것을 떠올리려는 표정이었다는 것을 너는 잊어버린 것 같은 표정을 잃고 싶어 한다 무언가를 버린 것처럼 너는 마주 앉아 질문을 한다 질문하는 데서 그치지 않고 질문을 그친다 그리고 질문을 그쳤다는 것을 기억해내기 위해 너는 묻는다 질문하지 않고 질문하는 것이 무엇인지를 너는 너의 이야기를 헐지 않고 묻는다

부른 사람을 찾는 얼굴

우리는 계단을 걷는다
수직이 수평이 보이지 않는다

들이치는 바람처럼

계단을 오르내리는 사람이 있다
휘어지는 물처럼

발소리가 복도를 울릴 때
지나가는 맑은 날은 날씨일까

가을의 문에 붙여둔 여름의 메모

숲에서 비가 물과 헤어지려 하고 있었다

방향

그 눈빛은 집요하게 풀어진다 그것이 발생한다는 것
처럼 그의 언어는 내게 들리지 않는다 누군가 결정을 내
게 미루고 사라지는 것이 보인다

3부

카운트다운이 끝나고

우리는 마주 보면 한곳을 본다

이번만큼은 느리지 않게 이 밤만큼은 네가 시작해봐

우리는 이곳에 오고 있다

폭죽을 터뜨리려다 하늘을 처음 본 표정을 짓는다

우리는 여기에 있을 수 없었다

누군가 부르지 않는데 가지 않는다

생동

　액자는 비어 있는 것 같다 액자는 돌발적이다 실내에
서 비가 온다

설명의 마음

이것이 정원이라면 조언을 구한다

우리는 정원이 없다는 것을 알고 정원에 가고 있다

여름은 전부를 조언이라 생각한다

숲에서 정원과 공원과 숲을 구분하게 된다

정원은 공원이 공원은 정원이 되어 있다

여름을 통과해서 여름이 오고 있다

풍경의 표현

그가 계속
있어
우그러진 것이 일어선다

다했어?

나는 더는 그를 둘 곳이 없어
차가움 같이
같이

언제 웃음을 그쳤어?

이 숨소리를 듣는 징그러운 개
거둔 웃음을 개어두기 좋게
우그러진 것이 일어서는데
반대말을 잊고 있다

나쁘지 않으면 무엇인가?

일어서기 전엔 더 앉지 않는다
농담이 짖어대기 시작한다
그것이 생각인 것처럼
냄새를 눌러봐도

계속 사라져도 좋다고 누가 나를 부른다

고통의 영상

그는 의자에만 앉지 않고
어디든 앉으려 한다

목은 물 대신 다른 것으로 축인다
의자엔 갈증이 남는다

누군가 대답을 한다
누군가 둘러본다

넘치고 있는 물에 꿈처럼 손이 씻겨나간 것이
아프다는데
믿어지지 않지만 이해할 것 같다

물로 목을 축이고 힘을 내서
다른 것은 다른 데 쓸 거라고 한다

다른 것이 무엇인지
알 수 없다는 것을 알고 나서 그런다

아무도 없는 데서
아무도 없다고 누군가 대답을 한다

바람 없는 추위

이런 날에는
눈이 쌓이지 않을 만큼 내린다

호수의 둘레를 걷는 사람의
손에서 죽은 손이 자란다

호수에 빠진 새도 없고 바람도 없이
호수는 얼어 있지 않다

쌓이지 않을 만큼 내리는 눈을 쓸고 있다

모드

나는 거울의 흔들리지 않는 무게처럼

때로 피조차 흘리지 않는다

감정이 생기기 시작한다
건강해진 감각을 드러내고 어둡게 웃는다

편안한 집의 무서운 사려를
좋아하고 있다
생겨난 것이 가족의 감정은 아닐 거야

말로 할 수 없는 것이 뭐냐고 물으면

자기 무게를 재려다 금이 가는 늪의 표정

미스트

어디 둘지 모를 기분이 생기면 어디 둘지 모를 기분이 튕겨 나간다 비어 있는 태도가 눌려 있었다는 것처럼 부푼다

실내가, 실외가 옆에서 분해되고 있었다

어디 둘지 모를 기분이 생기면 어디 둘지 모를 기분이 어떻게 보일까 우린 지금 알아버린다

보닛을 열어도 아무것도 없고 앞을 보면 죽은 사람이 앉아 있다

반동이 한층 더 불어나면 우리는 아직도 가족같이 동떨어져 있다 지금은 차선이 지워지고 신호가 사라지기 시작한다 무엇이든 그걸로는 부족한 사고가

뒷좌석에 매달려 뒤를 보며 앞에 간다 옆으로 간다 와이퍼의 소리가 유리를 재밌게 뚫는다

동작이 괴성을 지르며 걸어간다 나는 어제 넓고 얇고 가볍게 안경도 바꾼 다음에

부른 사람을 찾는 얼굴

어디서든 물소리가 들려왔다

욕조의 물은 억눌러지지 않는다
나는 차가운 물을 틀었다

억누르는 것과
차가운 물이 반대말이라는 것처럼
차가운 물이 식고 있다

욕조의 물을 틀지 않았는데
물소리가 들려온다

욕조의 물을 억누르지 않아도
욕조는 사라지지 않는다

마른 수건이 흔들린다

미간의 희망

기적은 기적을 구긴다

                              지도가 지워진다

만져볼 수 없는 석양이 두 눈에 번져온다

                            쌓인 눈을 쓸고 있다

구겨진 기적이 펴지려 한다

                        많은 것과 함께 비가 부푼다

눈을 잃을 것 같다

                            쌓인 눈을 쓸고 있다

나는 휘어진 골목을 따라 걷는다

                 평평하게 쌓이려는 눈을 평평하게 쓸고 있다

골목이 없다고 우는 그와 마주한다

많은 것이 쓸려 간다

그의 눈에 골목이 가득 찬다

비가 떠내려간다

골목이 부러져 있다

옥상에서 내려오는 동안

풍경과 봄볕이 떨어져 보이는 건 무섭고 슬프다

여름과 개가 떨어져 보이는 건 무섭고 슬프다

옥상에서 개가 짖는다

거리距離는 잠겨 있다

어두운 기도의 형상

김종훈
(문학평론가)

1.

복도를 서성이는 이가 있다. 그는 빛이 있기는 하지만 왜 그런지 대체로 어두운 복도에 계속 머물러 있다. 사실 지나가거나 거니는 용도로 쓰이는 곳이라면 명칭은 무엇이라도 괜찮다. 물의 분리를 목격하는 아쿠아리움의 통로(「가상의 침묵」)거나, 아니면 수도관이 있는 아파트 계단(「햇볕에 비춰진 먼지가 빛나고 있었다」), 모르는 사람이자 아는 사람이 탄 버스(「부른 사람을 찾는 얼굴」, p. 9), 아무도 태우지 않고 문이 닫히는 엘리베이터(「인간의 교실」), 공원, 정원, 숲, 우회로 등. 그곳이 어디든 편안한 거주의 의미만 없다면 된다는 듯, 수많은 통로가 호명되고 있다. 그곳에서 사물의 형상은 흐릿하다.

그곳에는 주인공 없이 행인만 있다. 일인칭의 감정을 드러내기 어려울 뿐만 아니라 삼인칭의 감정 또한 표현되더라도 공명하다 이내 사라진다. 흐릿한 형상 때문인지 그들의 존재감을 드러낼 기회는 좀처럼 없다. 스스로의 존재감을 지워야 등장할 수 있는 곳이라니, 이곳을 문학의 공간, 시의 장소라 할 수 있을까. 대체로 어두운 이들은 익명으로 공평하다. 그러니 복도를 서성이는 이가 있다는 말은 수정할 필요가 있다. 복도가 있다, 아니 통로가 있다.

최정진은 『버스에 아는 사람이 탄 것 같다』의 통로를 마련한 뒤 여러 상반된 의미의 만남을 주선한다. 그곳에서는 서로 다른 시간이 현재 시제 구문에 함께 묶여 독자의 상상력이 진척되는 것을 저지한다. 그곳에서는 실물과의 만남을 도모한 언어가 등장하여 그것을 굴절시켜 재현할 수밖에 없는 한계와 비극이 되풀이되어 나타난다. 그곳에서의 만남 중 마지막으로 주목할 것은 어둠과 빛이다. 어둠을 밝히기보다는 어둠을 어둠이게 하는 통로의 빛은 그곳에서의 삶에 대한 근거를 제시한다.

2.

만남의 장소는 생활과 유리되었다. "그는 시간과 같

은 장소에 있을 수 없었다"(「풍경의 표현」, p. 33)는 문장에서 확인할 수 있듯 납득하기 어려운 시간의 영역이 그곳에 있으며 "쿠키는 구워지지 않는데/쿠키 타는 냄새가 공원을 맴돌고 있고/너는 쿠키를 구울 반죽을 해야 한다고 중얼거린다"(「인간의 가벽」)에서 확인할 수 있듯 개연성을 이탈한 사건이 그곳에서 일어나기도 한다. 소통하고 관계를 맺은 사람들의 공간이 아니라 조건을 세우고 실험을 진행하고 그 결과를 관찰하는 곳에 그가 있다. 실험실 같은 곳이라 여기게 된 데에는 현재형의 시제가 큰 몫을 차지한다. 쿠키에 대한 시 전체를 보자.

너는 누군가 쿠키를 구워 선물한다면 거절하겠다고 한다
저녁이었다
너는 네가 구운 쿠키를 선물하지 않을 것이라고 한다
저녁이었다
쿠키 타는 냄새가 공원으로 퍼져나간다
공원을 걷는 사람들이 얼굴을 치켜든다
공원 주변 아파트 창문에 불이 켜지고 사람의 그림자가 비치고 있었다
저녁이었다
공원이 쿠키 타는 냄새로 가득하다

쿠키는 구워지지 않는데

쿠키 타는 냄새가 공원을 맴돌고 있고

너는 쿠키를 구울 반죽을 해야 한다고 중얼거린다

—「인간의 가벽」 전문

쿠키가 구워질 경우를 전제로 주고받을 선물을 헤아린다. 수락과 거절 사이에 초점이 모이는 듯하더니, 쿠키 타는 냄새로 가득한 공원의 풍경이 제시된다. 굽지도 않았는데 이미 타버린 상황을 이해하기는 쉽지 않다. 마지막에 곧 반죽을 해야 한다고 중얼거리는 '너'는 또 무엇이란 말인가. 타는 냄새는 공원 주위를 맴돌고 있는데, 진술은 계속 반죽의 시간으로 되돌아온다.

반죽의 시간은 현재이다. 그러나 그 시제가 환기하는 의미는 시의 정신 중 하나인 '카르페 디엠'과는 거리가 멀다. '현재를 잡아라'라는 말에는 과거나 미래 때문에 현재를 희생하지 말라는 뜻이 담겨 있다. 이때 현재의 의미는 과거, 미래와 연결되는 것을 전제로 형성된다. 그리움이나 기대의 감정이 없는 이 시의 현재는 과거나 미래와의 연결 고리를 끊고 현재의 순간을 되풀이한다. "잡은 손을 잡고/놓은 손을 놓는 것" "너는 지어지지 않는 복도를 걷는다"(「부른 사람을 찾는 얼굴」, pp. 34~35)와 같은 구절 역시 다른 시간에 놓인 사건을 현재로 불러들인 결과들이다. 축적된 시간을 지닌 여느 시와 달리

홀로 동떨어진 최정진 시의 시간은 얇다. 하지만 그 시간의 지평 위에 선택한 것과 그로 인해 배제된 것이 함께 있다. 혼란스러워 보이기도 하지만 한편으로는 풍요로워 보이는 것이 그의 시간이다. 그는 그것을 질료로 '인간의 가벽'을 세운 뒤, 그 벽 너머를 인식하려 한다.

  버스에 아는 사람이 탄 것 같다

  마주친 사람도 있는데 마주치지 않은 사람들로 생각이 가득하다

  그를 보는 것이 긍정도 부정도 아니고 외면하는 것이 선행도 악행도 아니다

  환멸은 차갑고 냉소가 따뜻해서도 아닌데

  모르는 사람들과 내렸다 돌아보면 버스에 아는 사람이 타는 것 같다
                          ─「부른 사람을 찾는 얼굴」(p. 9) 전문

마주친 사람은 마주치지 않은 사람과, 아는 사람은 모르는 사람과 대질하고 있다. 이뿐만이 아니다. 보는 것과 외면하는 것, 긍정과 부정, 선행과 악행, 환멸과 냉

소, 차가움과 따뜻함, 타는 것과 내리는 것이 연이어 짝을 이룬다. 독자는 마주친 사람이 어떤 일을 겪게 되는지 확인하기 어렵다. 마주치지 않는 사람의 등장이 사건의 진척을 가로막기 때문이다. 대척점의 말들이 한곳에 모이자 시간은 경과하지 않고, 대상을 비추는 스포트라이트는 분산된다. 버스 안 누구든 아는 사람이었다가 익명의 무엇이 된다. '나' 또한 예외가 아니다. 승객이자 익명의 사람들이 버스에 타고 내린다. 그들은 긍정과 부정, 악행과 선행 같은 가치 판단의 주체가 아니며 차갑고 따뜻한 감정의 주체도 아니다. 현재 시제가 부각되는 동안 만상은 익명이 되며 시의 정황은 공통의 체험 세계와 유리된다.

어떠한 상황에서도 참조할 수 있는 모델을 제시하려는 데에서 이와 같은 현상이 비롯됐다고 여기기에는 시의 목소리가 무덤덤하다. 기획에 대한 확신이나 의욕도, 현실에 지친 기색이나 피곤한 모습도 그곳에서 찾기 힘들다. 버스의 자리는 주인공의 것이 아니라 승객의 것이다. 버스 안에서는 개성을 발휘할 필요가 없다. 버스의 세상은 익명으로 공평하다. 그러나 이름을 지우더라도 그들은 '아는 사람' 같다는 예감을 불러일으킬 수 있다. 현재 시제에 상충하는 것들이 배치되자 아는 사람이 곧 모르는 사람이 되고, 이름이 있는 자가 곧 이름이 없는 자가 되었다. 선택한 자와 배제된 자가 같이 탄 버스는 계속 현재를 반복하며 정체된다.

  '부른 사람을 찾는 얼굴'이라는 제목의 시가 여러 편
있다는 사실 또한 반복되는 시간과 관련이 없지 않다.
일련번호가 없기 때문에 각각의 시편은 제목으로 변별
되지 않는다. 시는 변주하며 전개되는 것이 아니라 반
복되며 중첩된다. 구절 또한 중첩되는 것은 마찬가지이
다. 앞의 예뿐만 아니라 "쓰러진 나무를 보는 데서 그
치지 않고 나무를 보는 것을 그친다" "부러지는 가지를
분지른다" "섬세한 것을 보지 않고 섬세하지 않은 것
을 본다"(p. 45), "너는 잊은 것을 떠올리려는 표정이었
다는 것을 너는 잊어버린 것 같은 표정을 잃고 싶어 한
다"(p. 48), "욕조의 물을 틀지 않았는데/물소리가 들려
온다"(p. 63) 등의 예는 다른 시간이 한 문장에 모여 이
룬 모순의 진술들이다. 사람을 부른 뒤 그를 찾았는지
찾지 못했는지 그다음에는 어떤 일이 있는지의 예측을
무화시키는 진술, 이 진술은 독자를 '부른 사람을 찾는'
최초의 순간으로 거듭 데려온다. 그 시간에는 선택과
배제, 확신과 불안이 뭉뚱그려진 상태로 놓여 있다.

  나는 살아 있는데 살아나는 것 같다

  [······]

누가 좋아하는 노래인지를 우선 기억하고
그 노래의 제목을 생각해내는 나무

내가 살아나는 기분은 밤과 이어져 있다

어디론가 가자고 묻지 않고 어디로 가는 중이라고 답
하고 있는 그런 밤과 말이다

너는 속삭인다

어항이 반사하는 빛깔들에 방의 어두움처럼 혼자 드러
나서

　　　　　　　　　　　　　　　─「인공과 호흡」 부분

　살아 있는데 살아나는 것 같고 죽어서도 살아 있는
것 같은 느낌은, 죽음 가까이 있는 사람을 되살리려는
'인공호흡'의 뜻과 어울린다. 그런데 두 낱말이 처음 결
합할 때에도 지금처럼 죽음에 가까운 삶이라는 의미를
바로 연상시키지는 않았을 것이다. 말이 되는지 안 되
는지부터 의도를 정확히 표현한 것인지 아닌지까지 의
견이 분분했을 텐데, '인공과 호흡'으로 분리된 두 낱말
이 시의 제목으로 설정되자 명명의 최초 순간이 소환된
다. 시에는 그 말을 처음 접한 사람들이 가졌을 법한 어

색한 느낌들이 가득하다. 존중받는 삶, 죽음의 형식과 같은 둔중한 질문도 근처에 있을 것이다. 명명 직전의 시간에는 모든 느낌이 표현의 물망에 오른다.

"어디론가 가자고 묻지 않고 어디로 가는 중이라고 답하"는 것을 보면 현재형 시제는 여전히 중요하다. 그러나 이율배반의 비중은 상대적으로 줄어들었다. 삶과 죽음, 아침과 밤이 팽팽히 긴장하기에는 어둠의 색채가 짙다. 명명 이전과 어둠과 침묵이 같은 의미를 공유하기 때문에 삶은 죽음이 쏟아지는 밤과 "이어져 있"는 것인가. 그렇다면 마지막에 급작스럽게 "어항이 반사하는 빛깔"들은 무엇인가. 만남의 유형을 과거와 현재, 실물과 언어, 어둠과 빛 세 가지로 분류했으나 실제로 이들은 반듯하게 나뉘지 않고 서로 얽혀 있다. 다른 곳에서 할 말을 당겨쓰자면 이 빛깔은 어둠에 포획되지 않지만 전적으로 밝음을 뜻하지도 않는다. 어항의 빛깔은 '혼자 드러나는 어둠'과 동일시된다. 까만 점이 흰 바탕을 더욱 하얗게 인식하게 하듯 어항의 빛깔은 방 안을 더욱 어둡게 인식하게 하는 것이다. 이 빛깔은 실물에서 떨어져 나와 실물을 호명하는 언어처럼, 어둠이 밝음을 통해 드러난다는 사실을 일깨워준다. 언어는 실물을, 빛은 어둠을 환기한다. 아니 실물은 언어에 의해, 어둠은 빛에 의해 환기된다. 때마침 "너는 속삭인다".

  최소주의 언어는 개별 언어에 두루 통용되는 법칙이 내재하고 있다는 것을 가정하고, 순수 언어를 상정한다. 어떠한 개별 언어에도 적용할 수 있지만 거기에 포획되지 않는 것이 특징이다. 언어가 반영하는 대상의 자리에 언어 그 자체를 놓는 시가 대개 이를 염두에 둔다. 체험 세계는 여기에서 배후로 물러나게 되는데, 『버스에 아는 사람이 탄 것 같다』도 최소주의 언어를 지향하는 시의 지형에 놓인다고 할 수 있을 것이다. 체험이나 감정과 거리를 두며 언어 그 자체를 반영하는 시가 시집의 주를 이루었을 뿐 아니라 만남의 장소에 등장한 이질적인 것들, 같은 시간에 놓여 모순을 일으켰던 구절 또한 언어를 소재로 한 경우가 많다. 가령 모순된 진술인 "계속 사라져도 좋다고 누가 나를 부른다"(「풍경의 표현」, p. 58), "아무도 없는 데서/아무도 없다고 누군가 대답을 한다"(「고통의 영상」)의 예에서와 같이 부르고 말하고 듣는 행위를 노출하는 경우를 그의 시에서 드물지 않게 찾을 수 있다.

　　이것이 정원이라면 조언을 구한다

　　우리는 정원이 없다는 것을 알고 정원에 가고 있다

여름은 전부를 조언이라 생각한다

숲에서 정원과 공원과 숲을 구분하게 된다

정원은 공원이 공원은 정원이 되어 있다

여름을 통과해서 여름이 오고 있다

—「설명의 마음」 전문

   숲과 정원과 공원을 구분해 설명해보라는 문제가 제기되었다. 자연과 인간, 사유와 공유 등에 대한 기준을 세우고 정원이 무엇인지 헤아려보면 어떤 구분은 쉽게 되는데 그와 관련된 다른 구분은 그렇지 않다. 정원과 공원의 뜻은 포개졌다 갈라졌다 반복된다. 그 과정 끝에 "여름을 통과해서 여름이 오고 있다". 여름의 기준을 지나 실제 여름이 온다. 상징의 숲을 가로질러 자연이 오는 것이다. 여름을 통과한 여름이 들어서자 숲과 정원과 공원의 구분은 언어의 문제라는 것이 자명해진다. 그것들은 여름이 아니라 '여름의 조언'들이다. 실제 풍경은 무엇으로 불리건 그것과 무관하게 변화한다.

   언어의 슬픔은 지각 대상이나 내면의 감정과 떨어졌다는 데에서 비롯하지만 그러한 대상과 감정을 일부나

마 표현할 수 있다는 데에 언어의 기쁨이 있다. 구분하고 분류하고 이름 붙이기가 쓸모없는 것은 아니다. 시는 더욱 그러하다. 시의 표현은 여느 언어와 마찬가지로 실물과 언어의 간격을 드러내지만 한편으로는 실물에 육박한 언어의 극한을 제시한다. 시는 실패이자 도전의 결과이다. 최정진의 시가 종종 상징의 숲을 거슬러 올라가 자연을 감지하는 까닭도 여기에 있을 것이다. 선택된 것은 언어로 기억되고 배제된 것은 자연으로 되돌아가겠지만, 그는 반성과 예측을 토대로 정돈된 그 시간을 흩뜨린다. 어수선함을 감수하고서라도 선택하고 배제하는 그 순간을 제시해 자연의 상태에 밀접해지려는 것이 그의 시이다. 자연은 때로는 어둠으로 때로는 침묵으로 때로는 타자로 번역된다. 조언자의 역할을 맡던 여름이 직접 등장하는 것은 이러한 세계의 현현과 무관하지 않다.

누군가 익은 열매를 손에 쥔다 나와 내 마음이 떨어진 것같이 된다 여기서 사랑이 시작된다면

계속 떨어지고 있는 것으로부터, 이미 떨어진 것으로부터, 떨어진 것 같은 순간은 무엇인가

누군가 익은 열매를 손에 쥔다 그것을 나뭇가지에서

떨어진 새라고 믿기 위해 안간힘을 다한다 그런데 나와
내 마음도 이전엔 붙어 있었다는 듯이 뛴다

　　여기서 사랑이 시작된다면 누군가 돌아왔냐고 묻는다

　　길게 자란 나뭇가지들이 이마에 스치는 것처럼
　　　　　　　　　　　　　　　　　　　　　　　　—「인과」 전문

　　나뭇가지가 이마에 스칠 것 같다는 말은 나무와 '나'
의 인연을 환기하지만 어디까지나 예감으로 이뤄진 일
일 뿐 실제로 이들은 서로 무관하다. 그런데 나무의 열
매는 가지에서 떨어져 나와 '누군가'의 손에 닿는 과정
을 거치며 개별 대상을 엮는 매개자의 역할을 맡게 된
다. 화자는 그 순간을 사랑이 시작되는 순간으로, 그 열
매를 '떨어진 새'로 믿으려 애쓴다. 손에 쥔 열매에서
'사랑의 시작'과 '비상을 마친 새'를 동시에 연상하는
것이다. 인과, 즉 원인과 결과는 '열매'를 매개로 한 '나
뭇가지'와 '손'의 새로운 관계를 가리킨다. 언어를 가진
인간은 인식 바깥의 세계를 기껏해야 영원성으로, 기껏
해야 우연성으로 파악한다. 시인은 이 영원성과 우연성
에 시간의 깊이와 필연성을 부여하는 사람이기도 하다.
　　이 과정에서 "나와 내 마음이 떨어진 것같이 뛴다"의
진술은 "나와 내 마음도 이전엔 붙어 있었다는 듯이 뛴

다"로 바뀐다. 하나는 분리를 다른 하나는 비분리를 가리키는데 이들은 같은 현상에서 파생된 상반된 속성이다. 이들 사이에 시간이 경과되었는지 확신하기는 어렵다. 즉 바뀌었다고 했으나 동시에 일어났다고 말해도 상관없는 것이다. 시집의 다른 시를 참조하건대 두 진술 역시 함께 일어났다고 보는 것이 무리는 아니다. 최정진은 분리와 결합을 동시에 경험하는 순간을 연출하고 있으며 그것을 '여기서 시작하는 사랑'이라고 규정한다. 시간을 압착하자 '계속'과 '이미'가 한데 모인다. 그는 이 둘을 한 덩어리로 보고 시에 제시했다. 그의 사랑은 무관한 말들의 인과 관계를 형성하는 것이면서 동시에 그것들이 한 덩어리였던 상태를 현재에 제시하는 것이다.

그는 해변을 걸으며 쓰러진 나무를 본다 나무가 계속 쓰러져 있는데 이어져 있지 않다는 것을 쓰러진 나무를 보는 데서 그치지 않고 나무를 보는 것을 그친다 쓰러진 나무들 사이를 이야기로 채운다 손이 닿을 정도의 거리에 있는 이야기로 부러지는 가지를 분지른다 그리고 쓰러진 나무를 보는 것을 그쳤다는 것을 알고 그는 본다 섬세한 것을 보지 않고 섬세하지 않은 것을 본다 나무의 무게를 통과하지 못하는 연기의 이야기를 본다 그의 손에 폭죽같이 밝은 냉소가 남아 있었다 그는 끝나지 않는 해변을 걷

는다

—「부른 사람을 찾는 얼굴」(p. 45) 전문

쓰러진 나무가 있고 그것을 보는 화자가 있다. 화자
는 자신이 본 것을 말로 옮기려 한다. 이를 이행하는 과
정에서 "이어져 있지 않다"라는 말이 급작스럽게 등장
한다. 무엇이 끊어져 있는가. 실상 나무가 아니라 '나
무'라는 말을 시에 옮긴다는 것을 염두에 두면 저 말은
실물과 언어의 간격을 가리키는 것일 터이다. 즉 '이야
기'는 선택한 언어와 배제된 실물을 잇는다. 앞 시의 열
매 역할을 이번에는 이야기가 직접 맡았다. "손이 닿을
정도의 거리"에 있다고 하더라도 그것의 이음새가 매끄
러울 리 없다. 이야기는 좀처럼 앞으로 진행되지 않는
다. "쓰러진 나무를 보는 것을 그쳤다는 것을 알고 그는
본다"나 "섬세한 것을 보지 않고 섬세하지 않은 것을 본
다"와 같이 이율배반처럼 보이는 구문들이 들러붙어 사
물과 언어의 간격을 거듭 환기한다. 주목할 지점은 그
다음이다. 화자는 그 풍경 속으로 언어를 가지고 들어
간다. 비록 손에 "밝은 냉소"밖에 남지 않을지라도, "나
무의 무게를 통과하지 못"하는 이야기를 연기에 양도한
뒤 그는 "끝나지 않는 해변을 걷는다". 선택한 것도 배
제된 것도 없었던 그 상황으로 그가 진입한 것이다.

들판의 나무는 움직이려 한다

네가 사라지기 전에도
너는 없었다고 말하려다가 말았다

또 다른 나무가 생기려 한다

네가 들판의 한가운데로 향하는 동안
한가운데로 향하는 누군가를 보게 된다

나무가 자란 적은 없으려 한다

아무도 너를 부르지 않았다는 말이
마치 그것이 내가 하려던 말인 것처럼

들판의 한가운데를 향한, 질문은 기도를 하고 있다
                        —「모든 것의 근처」 전문

　질문이 기도를 하고 있다. 질문의 답은 지혜를 선사
하는 경우가 많으며 기도의 응답은 기도에 내재된 욕망
을 드러내는 경우가 많다. 질문은 알지 못하는 것을 묻
는 형식이다. 그에 대한 답변은 인식의 영역을 확장한
다. 기도는 한계 너머의 것을 요청하는 형식이다. 그에

대한 답변은 언어의 형식을 초과하기 때문에 언어로 정리된 자신의 욕망을 대면하게 해준다. 질문은 도달할 수 있는 앎의 대상을 지향하고 기도는 도달할 수 없는 바깥의 타자를 지향한다. "질문은 기도를 하고 있다"는 말의 뜻은 알 수 있다고 믿었으나 도달하기 힘든 한계를 실감했다는 것과 다르지 않다.

질문이 향하는 곳은 "들판의 한가운데"이다. 그곳은 인용 시에 등장하는 모든 대상이 향하는 시간이기도 하다. 들판의 나무가 움직이려 하는 것도, 또 다른 나무가 생기려 하는 것도, 나무가 자라다 말려는 것도, '한가운데'를 향한 질문의 역할을 한다. 나무가 보내는 시간 자체가 한가운데를 향한 질문으로 설정될 때 가능한 일이다. "없었다고 말하려다가 말"았던 것, "너를 부르지 않았다는 말이/마치 그것이 내가 하려던 말"인 것, 시도한 것뿐만 아니라 시도하려다 만 것들까지 질문을 향한다. 부연이 필요하다. 그 '한가운데'는 텅 비어 있다. 질문이 아니라 기도라 했으니 언어로 표현할 수 있는 곳은 그 근처까지다.

주인공인 줄 알았는데 익명의 승객이 되고, 출발지나 목적지가 아니라 통로의 역할에 주목하는 시들을 떠올려보면 최정진의 목소리는 주체의 한계를 드러내는 기도의 형상을 떠올리게 한다. 그의 시는 '한가운데'를 인식하기 위해 근처에 있는 다양한 말들의 만남을 주선하는 한편 '모든 것의 근처'를 제 시의 터전으로 삼는다. 이 점은 흥미롭다. 초월의 과정을 거쳐 진리를 파악하는 것이 시인의 몫이 아니라는 듯 그는 중심을 향하되 그 근처에 머물러 있다. 그곳에서 질문의 형식을 빌려 기도를 하는 것인데 어쩌면 모든 근처를 중심으로 여기는 데에서 시인의 기도가 시작되는 것인지도 모르겠다.

4.

어두운 통로에 떠도는 먼지를 햇볕이 비춘다. 또는 빛이 사각의 격자처럼 쏟아진다. 이번 시집에서 자주 볼 수 있는 이미지이다. 시인은 삶을 통로로 보고 있으며 그 밖으로 빠져나오는 것에 자진해서 관심을 거두었다. 이를 고려할 때 빛과 어둠의 이분법이 환기하는 일반적인 의미, 즉 빛이 삶의 고통을 치유할 구원의 역할을 맡는다고 여기기는 어렵다. 빛은 기도에 대한 응답이나 종교적인 계시가 아니다. 이미 "신이 내 눈에서 빛을 꺼내"(「축제의 인상」) 가지 않았는가. 이 빛은 앞에서 언급했듯 어둠을 어둠이게 하는 한편, 텅 빈 한가운데를 인식한 자가 허무의 나락에 빠져드는 것을 막는 역할을 한다. 모든 것의 근처에서 비분리의 세계를 언어로 표현하려는 시도는 이를 통해 나름의 가치를 부여

받는다.

　　정교하게 조정돼 있으니 손대지 마세요 수도관에 안내
문이 붙어 있었다 안내문이 물에 젖어 읽을 수 없었는데
한참을 쳐다보았다

　　다음 계절에 작은 화분들을 정돈하다가 수도관에 새롭
게 붙은 안내문을 보았다 같은 말이 다르게 적혀 있었다
　　안내문에 물이 번져 글자를 알아볼 수 없는데 나는 읽
고 있게 된다

　　정교하게 조정돼 있으니 손대지 마세요

　　계단과 창문 사이
　　햇볕에 비춰진 먼지가 빛나고 있었다
　　　　　　─「햇볕에 비춰진 먼지가 빛나고 있었다」 전문

　　기본 시제가 드물게도 과거형이다. 그러나 이 시의
과거형은 체험의 시간을 온전히 드러내지 않는다. "정
교하게 조정돼 있으니 손대지 마세요"라는 문구는 옛날
에도 그리고 더 옛날에도 적혀 있었다. 두 시간은 변별
되지 않는다. 그 글자가 물에 젖거나 번져 있어도 그것
을 읽을 수 있다는 것이 강조될 뿐이다. 시의 과거는 느

낌의 기원을 알려주기보다는 반복의 한 요소를 담당한
다. 과거 시제에서 확인할 수 있는 것은 역설적으로 최
정진의 시가 상상의 토대를 과거에 두지 않는다는 점이
다. 그에게 최초의 시간은 이후의 삶에 심대한 영향을
끼치는 원체험이 아니라 매 순간 무엇을 선택하고 배
제할지 혼돈스러워하는 상황이다. 그는 그 순간을 꺼내
거듭 현재에 부려놓는다.

　햇빛은 매 순간 먼지를 빛나게 한다. 먼지가 지닌 덧
없음의 의미와 밝은 빛의 이미지는 서로 충돌하며 부질
없지만 한순간 빛나는 존재를 부각시킨다. 언어의 한계
를 느끼면서 한계에 도전하는 시인의 운명을 먼지에서
연상하는 것은 자연스러운 일일 터인데 여기에도 부연
이 필요해 보인다. 계단에서 빛나는 먼지는 시에서 공
들여 조성한 비교 대상이 있다. 안내문이 젖어 있건 번
져 있건 춥건 덥건 변하지 않는 문구 내용이 그것이다.
그에게 불변하는 것은 언어 바깥에 있는 실물의 본질이
아니라 언어로 표현할 수 있는 인식 내용이다. 이 점에
서 최정진의 시는 인식론의 시라고 여길 수 있을 것이
다. 그러나 시인의 운명을 환기하는 햇빛과 먼지에 주
목함으로써 그와 같은 생각은 미세하게 조절된다. 최정
진 시의 '시적인 것'은 인식론과 존재론의 간격에서 생
성된다.

너는 돌고 있는 것이다

어둡게 만들어진 아쿠아리움에서
입구의 햇살을 밝게 상상하면서

통로에 대한 노래를 그쳐도
네가 아닌 것을 부를 순 없는 것처럼

뛰지 않는 사람에게 멈추면
어떻겠냐고 물을 것이다
네가 원하는 방향을 보여줄 것이다

수압이 휘어지고 있다

통로에 대한 노래를 그쳐도
네가 아닌 것을 부를 순 없는 것처럼

물속의 공기가 다양한 수종의 물고기처럼 움직이고
너는 유리를 향해 손을 뻗는 것이다

물은 이어져 있지 않다는 희열 속에서

—「가상의 침묵」 전문

침묵을 침묵이라 말하면 침묵이 아니다. 침묵의 세계가 가상의 세계를 경유하여 재현될 수밖에 없다. 이때 침묵은 죽음이자 수조 속의 물과 연관되는 반면, 말은 삶이자 수조 사이의 통로와 연관된다. 삶이 침묵 속에 껴 있다면 말의 통로는 죽음 사이에 껴 있다. 통로의 바깥에 있는 물은 만질 수 없다. 침묵을 설명할 수는 있어도 표현하거나 체험할 수는 없는 것과 마찬가지로 그와 같은 시도는 "유리를 향해 손을 뻗는 것"이 될 뿐이다. 그나마 아쿠아리움의 통로는 침묵의 세계에 둘러싸였기 때문에 침묵을 표현하는 언어의 최전선이기는 하다.

그는 그곳에서 휘어지면서 방향을 제시하는 수압에, 그리고 끊어진 물에 주목한다. 사실 "물은 이어져 있지 않다"는 것은 시집의 맥락을 고려하면 물이 끊겼다기보다는 끊긴 물 사이를 통로가 메웠다고 봐야 할 것이다. 통로의 방향은 물의 방향과 평행한데, 침묵과 침묵 사이의 말이 그러하듯 그 방향을 제시하는 것은 "입구의 햇살"이 아니라 통로를 어슴푸레 비추는 물빛이다. 물의 빛은 멀리 있는 것이 아니라 매 순간 언어를 통과하여 침묵을 비춘다.

풍경과 봄볕이 떨어져 보이는 건 무섭고 슬프다

여름과 개가 떨어져 보이는 건 무섭고 슬프다

옥상에서 개가 짖는다

거리距離는 잠겨 있다

　　　　　　　　　—「옥상에서 내려오는 동안」 전문

　시집의 마지막 시「옥상에서 내려오는 동안」에서 화
자는 드물게도 무섭고 슬픈 감정을 내비친다. 단 한 가
지 조건이 달렸다. "떨어져 보이는" 경우가 그것인데 구
체적으로 풍경과 봄볕, 여름과 개의 짝이 여기에 해당
된다. 풍경은 봄볕을 받지 않으면 어둠 속에 온전한 실
체를 감추고 여름은 개 짖는 소리가 없으면 침묵의 세
계에 빠져들 것이다. 어둠과 침묵에 빠져드는 것은 화
자에게 무섭고 슬픈 일이다. 하지만 '인공'과 '호흡',
'인공'과 '호수'를 분리했던 최정진을 상기하면 그가 자
진해서 접근했던 세계가 바로 그 세계이기도 하다.
　무섭고 슬픈 일이지만 최정진은 지속적으로 이들을
분리했고 그 간격을 언어로 채웠다. 분리하지 않았다면
어떻게 되었을지는 다음 구절에 예로 제시되었다. "거
리는 잠겨 있"는 경우 '옥상에서 들리는 개 짖는 소리'
와 같이 무슨 말인지 알 수 없는 상태가 지속될 것이다.
그 소리를 번역하기 위해 화자는 옥상에서 내려온다.
작업실은 옥상보다 어두울 것이다. 그는 봄볕의 풍경과

소리를 언어로 번역하며 둘의 거리를 벌릴 것이며 동시
에 봄볕의 풍경과 소리 근처까지 침투하여 그 거리를
다시 이으려 할 것이다.

5.

『버스에 아는 사람이 탄 것 같다』에서 최정진은 공
들여 인식의 통로를 마련했다. 그곳에서 최초의 시간과
현재가, 실물과 언어가, 어둠과 빛이 만남을 도모한다.
시인은 축적된 기억을 토대로 구축된 정념을 돌보는 대
신 정념이 들러붙기 이전 최초의 시간을 꺼내 매 순간
제시한다. 여러 시간이 중첩되고 반복되어 서로 엉킨
곳에서, 그는 무기질 같은 먼지가 되어 어둠을 번역하
는 빛을 공유한다.
　어둠과 침묵에 휩싸인 언어 실험실에서 최정진이 보
여주고자 했던 것은 무언인가. 기억의 틈입을 막고 시
제를 현재로 고정해서 언어의 순수성과 한계를 동시
에 드러내고자 했던 까닭은 또한 무엇인가. 공통 체험
과 거리를 둔 언어 실험실은 현실의 대안이나 도피처가
아니다. 그는 독자에게 선택과 배제의 순간으로 구성된
낯선 세계에 방문하기를 지속적으로 권유한다. 그 세계
를 몽환적이라 여긴다면 그는 신비의 윤리를 제시한 것

이다. 그 시간을 혼란스럽게 여긴다면 그는 윤리의 시제를 제시한 것이다. 몰이해의 위험을 무릅쓰고 그가 제기하고자 한 문제는 언어의, 윤리의, 삶의 기원이다. 저기 두 손을 모은 어두운 형상이 있다. ▨